一生怎么够

姜一飞 著

长江出版传媒

长江文艺出版社

献给你，我的太阳

这温暖的眸子，只需一眼

序言

何
勤

离开杭州已经四年了，想着颠沛流离从鞍山、沈阳、深圳、昆明、杭州到武汉，每个地方都住五年以上，涌来的是孤独和伤感，何处才可停泊啊。忆江南，最忆是杭州，是她……

　　幽静的书店，与她一起喝杯咖啡，慵懒地坐着，读着权谋的历史，带走几本蔡澜和她喜欢的书，好像去过很多城市的书店了。自觉也读过成车斗的书，可是，她时常谈到的小说、诗歌和文人，很多我都没听过，感到有些汗颜。

　　我们常常晚餐小酌，对酒当歌，聊儿时的嬉戏、家族的变迁、时代的沧桑、商界的故事、未曾实现的理想……烟雾缭绕，开怀畅饮，酣味悠长，恰似同学少年推杯换盏，激扬文字，云步天下。

　　下棋我最喜欢吴清源"中的精神"，布局、诱敌、腾挪，使尽解数，但总是被她轻轻一子，柔柔的一声，化解了！经过多番征战，我是输多胜少，赠名她是"斗战胜佛"。

　　我是经常在腰带渐宽时，临时抱佛脚，少吃两顿减重；她是长期打卡英文，常年坚持游泳、做操，每日两餐，经年不变。我们无论吃海鲜大餐、法式西餐或是地方特色小吃，她都是欢喜享受，品味其中，但都适可而止，坚持和自律是她的座右铭，伸缩有度，既有她的情趣，也有弹性的边界。

她的工作涉及领域较多，传媒、医药、医疗、互联网等，专业涉及品牌、营销、运营、并购，做过几家上市公司高管，但她最喜欢的还是一杯咖啡、一支笔、一摞纸，写诗、写小说，心无旁骛做自己最喜欢的事。

她在做了。

目　录

第二辑　耳语

第一辑

一生怎么够

爱之清泉篇

那是一泓沉睡已久的清泉

为了你的到来

她蓄聚已久

虽然姗姗来迟

她也不曾松懈

日夜酝酿

在你君临之时

将最甘洌的味道

注入你纯正的心田

她调动全部的生命能量

时而化成温柔的手

抚摸你每一寸肌肤

辅之以甜言蜜语

向你展示柔情万千

时而化作激情的浪

用一次次的涌动

迎接你一遍遍的到来

伴随着一声声的呼唤

顺着丝滑细腻的泉壁

穿越紧致饱满的绿苔

你来到她的泉眼

在生命的最深处

你用娴熟的技艺

领着她翩翩起舞

你们用完美的合二为一

上演生命的欢乐颂

爱之土地篇

那是一片不曾遗忘的土地

为了你的到来

她休耕已久

虽然颇费周折

她也不曾颓丧

将魂牵梦绕

酿成上等的肥力

等待你　最好的农夫

用娴熟的手艺

翻耕成良田

撒遍精选的种子

插上优质的秧苗

她展开肥硕的胸怀

流淌香浓的乳汁

迎接充沛的光照和

丰润的露水

把种子培育成艳丽的花海

让秧苗苗壮成丰硕的果实

她要用最丰富的色彩

慰劳你赤子的情怀

她要把最饱满的颗粒

回报你辛勤的耕耘

良田万顷

繁花似锦

你们精诚合作

在这片土地上

创作出人世间

最瑰丽的画卷

百转千回的爱

千万年前
我们是紧紧相连的
两块陆地
不知什么缘故
我们无端地分离
虽然星球的转动
让我们天各一方
但是相连时的熟悉
那味道，那姿态
我们从不曾忘记
天地间
回响着温暖的问候

千万年前
我们是深深相爱的
一对恋人
不知什么缘故
我们无端地分离
虽然命运的安排
让我们时空错位
但是相爱时的誓言

那语气，那声调
我们从不曾忘记
时空里
穿梭着亲切的容颜
念念不忘
终有回响

我想在这　在这
上帝开恩的瞬间
用柔情蜜意
和　无限殷切的目光
告诉你
恋恋红尘里
生也有涯时
百转千回的爱

不是所有的云雀

不是所有的云雀

都喜欢在海面翱翔

它们迫不得已

顾不上胆寒

嘶叫着飞过海面

不是所有的大雁

都愿意在队列里行走

它们无可奈何

顾不上个性

忍耐着充当角色

就像人生

一旦上路

（而人生　就是上路）

跋山涉水也好

风餐露宿也罢

多少途中的不得已啊

有人放弃

有人离队

而那些坚持前行的

在胆寒和忍耐里

穿越风暴

看到了最博大的宁静
度过严寒
拥抱了最坚强的翠绿

不是所有的云雀
都喜欢海的广阔
不是所有的大雁
都热爱路的遥远
而美
和风景
都遥远广阔
遥远有多远
走过才知道
广阔有多广
飞过才了然

不想让你一个人走

我看到命运之神
化作暗黑的魔
挥舞着大棒
击打你的肩膀
你伸出双手
顾不上累累伤痕
把命运的棒接在手中
你将这棒举起
扛在肩上
顷刻间
它化成了十字的模样
你背负这棒
你背负这十字的架子
脸上依然挂着
令人心碎的笑容

亲爱的
你的脸上
依然挂着笑容
这笑容
挂在脸上

就如同

挂在天上的

寂寞的月亮

我的心

碎成湖水的模样

我向你伸出双手

就像你向命运之神

伸出双手一样

请你将这棒放下

将这棒放下

你牵这一头

我牵另一头

亲爱的

不想让你

一个人走

当我望向窗外

当我望向窗外
那如水的月光
那摇曳的树枝
就仿佛听到
遥远的你
内心忧伤的叹息
尽管不愿意去触碰
我依然感知你
深切的疼痛
你痛　我也痛
只愿我的双手
总是在你的胸口
不轻言忘却
静静地聆听
默默地等待
细细地感受
但愿伴随你
在细雨霏霏的时候
温一壶滚烫的酒
祭奠逝去的亡灵
但愿伴随你

在清风送爽的季节

捧一束鲜艳的花

献上诚挚的悼念

让我们

在有限的时光里

坦诚地生活

真诚地相爱

荷　花

在幽暗的水深处

在沉重的泥底下

慢慢地发芽

顾不上破壁的疼痛

向着光的方向

努力地生长

听蛙鸣蝉叫

看鹰击长空

当仲夏的烈日

将爱的篝火点燃

生命的旷野里

回响起深情的呼唤

我用尽全身力气

向着呼唤的方向攀爬

要在晴朗的夜空到来时

在鹤立鸡群的枝头

向着你倾泻而下的光芒

尽情地绽放

每一次分别

每一次分别
都不敢看你的背影
那渐渐远去的
仿佛是长长的书信
写满我的爱恋
踩下油门那一刻
思念便像风一般涌来
每一个天衣无缝的拥抱
每一次如胶似漆的亲吻
像信徒朝拜似的
纷至沓来
你的气息
依然萦绕在周边
回味着你的声音
就像树响应风的呼唤
思念着你的触摸
如同浪对岸的拍打
我看到云对天空的追随
那般缱绻缠绵
我看到夕阳对大地的留恋
那般难舍难分

每一次分别
都不敢看你的背影
那渐渐远去的
仿佛是绵绵的期盼
写满重逢的希望

你要给我你的消息

亲爱的
你要给我你的消息
否则我会魂不守舍
命运之神暗黑的棍棒
总是有意无意间
击落在你无辜的身上
虽然我想化作天使
在你身边左挡右拦
可是冷不防的暗箭
又如何能够提防
亲爱的
你要给我你的消息
否则我会不知所措
我会在漫漫长夜
睁着忐忑的双眼
像等待命运判决一般
等待你的消息

亲爱的，不要误解她

亲爱的
不要误解她
需要一支烟
排遣生命的虚无
对于虚无
她早已看透
亲爱的
不要误解她
需要一杯酒
麻醉灵魂的痛楚
对于痛楚
她已经尝够
没有爱的躯壳啊
是徒有其表的皮囊

当你将爱的阳光播洒
她要将灿烂尽情表达

亲爱的
不要误解她
像个不知足的女人

贪婪地汲取爱的营养

吮吸着甘甜的雨露

她怎能不将喜悦

浓墨重彩地描绘

充盈了爱情的丰满

她怎能不将感恩

淋漓尽致地表现

你智慧的光芒

点燃了她灵性的火把

她要用燃烧的姿态

向你表达无尽的爱

余生太短

虚无已毫无意义

痛楚也不再痛苦

只管享用吧

只管爱

情人节

说起来有些可笑
这个日子里
有人送你玫瑰
嘴上和你嬉笑
心里泛起醋意
这酸酸的味道
本来是少女的专利
可我真的很是在意
这玫瑰就像一面镜子
照出我真实的样子
可这……
难道不是有些小气
哦，是的
真的有些小气
可这……
难道不是有些霸道
哦，是的
真的有些霸道
对于你
我是有些霸道

哈哈　是的

我真的很是在意

秋风又起

秋风又起

树叶开始泛黄

天空也变得高远

我看到多彩的秋色里

你凝望世界的眼神

你大笑后的沉默

你说"还好"时的样子

落叶飘向大地

带来冬天的消息

我开始打点行装

要在最后一片树叶落下前

来到你的身边

点燃尘封的壁炉

和着歌声伴你入眠

愿在沉痛的睡梦里

有我的手在你的胸前

愿睡去醒来时

有你的体温在我的身边

愿在冰冻三尺的早晨

一起看洁白的世界

想起你说"还好"时的样子

我一刻也不想等待

神选中我

神真是看得起我
选中我做一个游戏
要问游戏的名字
先别着急

在一个瑰丽的日子里
他把我带到芳草地
明媚的阳光
洒得草地满是金光
向日葵挺直了腰杆
脸盘上颗粒饱满
在明媚中　在光芒里
我看到了他
看到了那个人
游戏的另一个角色
满怀喜悦地看着我
就像两小无猜的伙伴
我们自然而然地牵手
沐浴着阳光的温暖
向着他指引的方向
我满心欢喜啊

没有打盹

更没有注意力涣散

庆幸自己抽到了好签

可不知为何

那个人

游戏的另一个角色

转瞬之间，消失在眼前

就像梦境一般

刚才还同枕共眠

醒来却不在身边

我四顾茫然

抬头望着天

可他并没有出现

好吧！这是你的手段

应该是第一个回合吧

虽然心中怅然

但我知道他变化多端

从头到脚梳洗一番

迎接第二个回合的挑战

这一次，他没有露面

待曙光将浓雾驱散

脚下已是荆棘布满

虽然看不清方向

但一侧有特别的光亮

顾不上将裤腿扎紧

踩着荆棘前行

双脚鲜血淋漓

血色令我情绪高涨

在夜幕降临前

一定要登上山巅

在高地

在看得到他的地方

我将领到第二个回合的指令

可谁知道呢

朝着那光亮的方向

走进的却是森林

树木野蛮生长

藤蔓毫无章法地攀援

光线吃力地

穿进密密匝匝的树叶间

像细雨编织的丝丝线线

像燃油将尽的灯芯

我的心头穿过一条丝线

一阵一阵将心房抽紧

一寸一寸挽起袖子

撕扯一枝一枝的藤蔓

可是藤对树的依赖

有着致命的韧劲

我被他们的柔韧

弹向树干，而后
重重地摔落地面
揉着疼痛的双肩
这该死的游戏
玩得真有点出格
拉扯着藤蔓
用荡秋千的姿态
我将自己
抛向高高的空间
来吧！再用些手段
是第二个回合吧！
虽然伤痕累累
但不相信他毫无怜悯
顾不上梳洗打扮
迎接第三个回合的挑战

"现在，你……"
他现身，面无表情
"要用飞行的模式
开始接下去的行程"
话音刚落
我失去重心
被他抛向更高的天空
跃上森林的顶峰
我看到万千沟壑

在云层和谷底之间

我飞行的姿态

渺小而寂然

飞越湍急的河流

在苍翠的山林之间

我看到他

游戏的另一个角色

骑着一匹白马

携着长发飘飘的女子

徜徉在鲜花盛开的高原上

我像杜鹃般啼鸣

他抬起温情的头颅

没有仰望　却将厚实的肩胛

伸向乌黑如瀑的长发

我无法改变飞行的模式

只能用泣血的啼唤

请求山谷发出回响

向他　阵阵召唤

紧随着白马轻盈的步伐

我绕枝三匝　切切徘徊

而白马　和他们的身影

毫不留情　毫不留情

我在无法更改的模式里

飞向海的天空

虽然海面帆影点点

但是广阔的寂寞和
幽深的孤独
将我无情地吞没

在顾影自怜里打起精神
我决定和风聊一聊
"你是有形的存在吗?"
她笑而不语
轻抚我的面颊
哦，这形而上的化身!
那么，和云谈一谈
"你有时轻柔如棉絮
有时坚硬像山峰
从来没有固定的形态"
"哈哈，固定的形态
我是水分子的聚合
凭着心情自由组合
欢喜时是汽
忧愁时是水
要什么固定形态"
在风和云的散淡里
我飞越洋面

这就是第三个回合?
伤心和孤独的飞行?

难道你？

难道你不留神

将我遗忘　遗忘在

永久飞行的模式里

在一艘货轮的甲板上

我停留栖息

水手们用面包屑喂我

他们抽着雪茄

看着我愁苦的样子发笑

他们猜拳　打赌

有人说：这

一定是一只杜鹃变成的海燕

和她的另一半失散在某一片海面

有人说：这

一定是一只大雁

因为该死的好奇

离开了她的伙伴

"嗨，海燕

跟着我们一起航海

去到大洋的另一边

不用风餐露宿

顿顿让你饱餐"

"嗨，大雁

你是要去南方吗

运气可真不赖

跟着我们航行

保管你找到同伴"

我飞上高高的桅杆

对着天空引颈：

不要将我遗忘啊——

不要将我放逐啊——

他，没有出现

我振动疼痛的翅膀

飞离洁白的桅杆

一列破浪而来的船队

在深邃无垠的海面上

拖着无边无际的身躯

像是没有尽头的绝望

更像是不甘放弃的希望

在航船的上方

我闭上双眼

任由自己飞翔

风不停地问

"你要飞向何方"

"你要飞向何方"

我不知道方向

不问方向　只管飞翔

"你看正前方

有个欢乐的小岛

人们为了躲避今晚的风浪

已经关闭了所有的门窗

在乌云蒙上所有的光明之前

乘着我的翅膀

赶紧去往那个避风港"

不！不能去往避风港

这一个回合

我只领到一个指令：

"用飞行的模式

开始接下去的旅程"

假如今晚的狂风巨浪

是旅程中的生死一役

那么请把我埋葬

也许　我能够在风暴的中心

领到他最终的指令

我将心头的丝线扯下

丝线带着血肉沉入海洋

海洋之心里

没有一朵浪花

只有最忍耐的鱼儿

围着它轻轻歌唱

我看到殷红的鲜血

丝丝缕缕伸展

化作美人鱼的身躯

在幽深的海洋之心

和最忍耐的鱼儿

畅游起舞

而我的身躯

依然在天空飞翔

是在风暴里毁灭

还是在巨浪里重生

我知道　这全在于我

是不是继续飞翔

在暗夜里

顺着北斗星的方向

我看到若隐若现的灯塔

暗夜无声　灯塔无语

我不顾风的劝阻

朝着灯塔的方向风雨兼程

豆大的雨点

带着狂风的讯息

打湿了我的翅膀

我放低身段

贴着海面努力飞翔

殷红的鲜血

不停地滴向海洋

向海洋之心发出热切的召唤

美人鱼在巨鲸的帮助下

跃出海面

带着鱼儿乐观的忍耐

化作一支血脉

融入我的血液

终于　在黎明时分

在暗夜渐行消退的刹那间

我来到了灯塔

停在他的肩头

用流血的喙轻梳他斑白的双鬓

尽管穿越了整个宇宙

我依然想告诉他

在那个瑰丽的日子里

在光芒闪耀的草地上

在向日葵硕果累累的光景里

我们曾经的相聚

和　半个世纪的分离

他悲伤地看着我

给了我人世间

最缠绵的回眸

我仰望天空

用最后一点力气

寻找他

寻找神

和你一样

我要问问他

这个游戏的名字
我还想问问他
此刻，现在
是游戏的暂停
还是游戏的全部

时光啊

时光啊
你真是调皮
人们用沙漏代表你
却从未抓住过你
你诡异奇绝
用日出日落
表示你的无处不在
就这样　你用
无形的手
翻手为云
制造了满世界的过去
虽然
那名叫"过去"的
人们何曾能够忘记
有些变成回忆
有些出现在梦里
别以为有漏网之鱼
在猝不及防的时候
它们会大驾光临

时光啊

你真是调皮

人们用流水比喻你

却从未见到过你

你真是高深莫测啊

用斗转星移

警示人的来日无多

就这样　你用

无形的手

覆手为雨

描绘了那么多的未来

而虽然

那名叫"未来"的

人们何曾能够企及

有些变成梦幻

有些酿成遗憾

别以为有幸运之神

在黯然神伤的时候

会给人意外惊喜

时光啊

虽然你这么调皮

虽然你铁面无私

但是我

依然想祈求你

看在我们如此相爱的份上

让我们穿过你的窄门

生死相依

永不分离

是什么让我食言

不久前我说
要在第一场雪落下前
来到你的身边
启开尘封的壁炉
和着歌声伴你入眠
而今天　你依然
独自在雾锁的江边
雪飘飘洒洒
像往事纷纷扬扬
踽踽独行在冰雪的路面
这满世界的洁白
像我从未认识过的人间
我羞愧难当地想起
曾经许下的诺言
不明白到底是什么
让我食了言

思　念

深秋翻飞的落叶里
是你翩跹的身影
印满深情的目光
我张开双臂
向着你的方向
而　落叶
掉在臂弯里
天空　月色清冷
似乎有雨滴落在脸上
哦　这雨滴里
有你吻我的味道

送你去机场

我握着你的手

送你去机场

曙光路上

梧桐叶纷纷落下

争先恐后地

仿佛要去赶一场

大地举办的宴会

杨公堤的水杉林

也已经卸下了盛装

它们笔直列队

像是等待检阅

我们穿过那

层林尽染的虎跑路

一头扎进深秋的绚烂里

大桥下

江面笼罩在薄雾里

舟船往来穿梭

朝着它们各自的方向

我握着你的手

送你去机场

在美轮美奂的季节里

一树一树的落叶
铺满了路面
踩着落叶的路面
仿佛踩在柔软的心尖
我握着你的手
送你去机场

所有兜兜转转的过去

我曾经像一朵

冰山上的雪莲花

在天寒地冻里兀自开放

我曾经像一头

迷途的羔羊

在淆乱迷离中放逐流浪

我曾经像一叶

无根的飘萍

在江河湖海里挣扎逐流

直到命运之神

开启你圣洁的光芒

我谦卑得像一钵尘土

用低到泥土里的姿态

向你献出高贵的爱

亲爱的

不要在意冰雪的气息

不要嫌弃流浪的低微

不要顾忌逐流的痕迹

所有兜兜转转的过去

让我明白一个真理

只要是对的你

我就要爱个彻底

为了今天的相见

靠近你
才知道迷途有多远
靠近你
才明白前世有多长
靠近你
才了解今生有多短
靠近你
才明白原来受的苦
是为了今天的相见

为了今天的相见
难怪我从来不曾抱怨
失之交臂的痛楚
隔岸相望的离愁
你笑而不语的神态
是我寂寥旅途中
不曾泯灭的灯火
我不知疲倦地飞翔
为了今天的相见
难怪我独自飞翔
也从不觉得是在流浪

直到飞向你的枝头

飞落在你的枝头
熟悉的气息
令我的心潮
泛起温柔的波涛
这波涛
化作决堤的泪水
你亲吻这泪水
就像亲吻命运的杯樽
这杯樽里盛着的
是爱恋化成的玉液
是思念酿成的琼浆

感谢命运啊
让我们相会在这异乡
从今往后啊
这异乡　就是
我们灵魂的故乡
日日夜夜　我们
围炉话沧桑
年年岁岁　我们
把酒言衷肠

我穿越万水千山

年少的时候
睁开双眼
跃过嘈杂的世界
看到魔幻的云层里
有一双清澈的眸子
这眸子散发的光芒
有着神灵的磁场
顾不上众人的劝阻
我便整装出发
向着云层的方向

日光很快驱散了云层
白光里
一切纷纷扰扰
爬过高山坝上
泅过河流海洋
越过万水千山
在村庄里停留
在城市里迷失
终于
在没有路的森林里

四顾茫然

我听见风对树说

如果听到我的呼唤

就请摇曳你的身姿　　作为回响

我听到了树的回响

风便吹开乌云

拂着我的面庞：

如果听到了心的呼唤

请抬头看向远方

越过密密麻麻的树冠

我看到魔幻的云层里

有一双清澈的眸子

这眸子散发的光芒

是神灵指示我的方向

顾不上一路的风尘

我便再次出发

我再次出发

霜雪开始挑染我的黑发

风雨也来涂抹我的容颜

我星夜兼程

是为了在落日来临前

撩开云层的帷幕

和那神灵昭示我的眸子

紧相依偎

亲爱的
我星夜兼程
穿越万水千山
是为了和失散多年的你相聚
是为了和你一起
融入我们年少时
看到的魔幻般的云层中
那双清澈的眸子里

一路上
前世的声音不停地说
去　赶往心灵的原乡
去　这是你的使命
亲爱的
我风雨兼程
就是要不辱使命
和失散多年的你　会合
去往心灵的原乡

我的泪，为你而流

我宁愿
一个人在深夜
倚在门框
看命运之神
披着黑色的斗篷
趾高气扬地骑着白马
故意用铁蹄
敲出嘚嘚的声音
这声音
在暗夜里残酷地清脆
我看见他徐徐远行

我看着命运之神
骑着白马
徐徐远行
仿佛听到你的心潮
奔向堤岸　又
退回内心的叹息
泪水便顺着脸颊
流向我的心尖

我宁愿

一个人在深夜

点燃一支烟

听神灵之声

和着月亮的光华

如泣如诉地吟唱

仿佛看到你寂寞的眸子

看向远方　又

凝视自我的深思

泪水便顺着脸颊

流向我的心尖

亲爱的

我的泪，为你而流

那滴落心头的泪水

是无边的思念

是无尽的爱恋

纵然命运之神

一味强权，我也要让我的泪

为你而流

无　题

孤山脚下
绿草如茵
荷花谢了
枫叶红了
秋瑾站立着
不再吟诵秋风秋雨
梅妻鹤子仍在逍遥
鲁迅还是忧思的模样
我面朝香格里拉
双手合成喇叭的模样
朝着远方的麦田里
那些收割者的身影
询问你的消息

虽然日日有你的消息
我依然思念你的模样
秋瑾也好
鲁迅也罢
即便是梅妻鹤子
都因为
热切追求而牺牲

难以忘却而流浪
无法释怀而呐喊
荷花谢了
枫叶红了
我仍在孤山脚下

写给你的生日

多少年前的今天，

天也是这么蓝吗？

阳光也是这么明亮吗？

北方一定秋高气爽了吧？

一寸一寸地成长，

你变得那么高大；

一步一步地离开，

你走得那么遥远；

时光大师啊，

将这样的一个你呈现！

过去的岁月，

我们不曾相伴，

我依然努力感受

那长河里的星星点点，

为了从今往后，

更好地践行我的诺言。

虽然文字那么苍白，

我还是要在今天，

再一次俗不可耐地，

向你表白：

亲爱的，

山有多高，
水有多长，
路有多远，
日常有多无聊，
我要和你一起，
看山看水看人生，
说天说地说古今，
真诚地做庸俗的事，
坦然地去往心灵的原乡。

谢谢你给我的爱

第一次
当我们牵手
心像花儿一般绽放
真希望路没有尽头
让我永远
雀跃在你的身边
第一次
当你唤我宝贝
泪水开了闸一般流淌
真希望那一刻停留
让我永远
拥有甜蜜的宠爱
可是命运之神啊
从来就不一般
当我踽踽独行
用坚硬的外壳包裹自己
总是在不提防的刹那
想起雀跃的瞬间
和　甜蜜的宠爱
亲爱的
谢谢你给的爱

天空不能比拟她的博大
海洋也无法媲美她的深厚
亲爱的
谢谢你接受我的爱
她是厚土里生长的常青藤
孜孜不倦地向着你攀爬
她是冰山上融化的雪水
绵绵不绝地向着你流淌
亲爱的
谢谢你给我的爱
你是我漂泊人生的灯塔
你是我生命旅程的港湾

一生怎么够

一生怎么够

只有这一生

用全部的财富

打造一艘船

铸就价值的锚

升起理想的帆

我们没有讨论意义

迎着你的目光

我便心领神会

背起行装

不问目的地

我只管与你同行

与你同行

管他天涯海角

管他地老天荒

我们扬帆出海

任凭微风轻摇着船

我们看云舒云卷

笑谈往事如烟

任凭雷鸣电闪

我们穿越风暴雷电

骄傲得像海燕

哪怕八十八天捕不到鱼

我们也不悲观

因为我们　早已

看透了悲观

看透悲观

我们也照样出海

没有讨论意义

我们也一样航行

与你同行

便是我余生

全部的意义

因为爱

一生怎么够

何况

我们只余后半生

因为有你

因为有你
我认真地生活
认真地和你讨论生活

你看世界的目光
就是我看世界的眼神
你对待生命的方式
唤醒了我对待生的热望
我们在最深的层面上
有着共同的生命体验
我知道　这
是我爱你的原因
你我的过去和回忆
是我们各自的孤独
你我的当下和体验
是我们无间的融合
孤独和融合构成的爱
让我们更加亲密无间
在无间里给予空间
愿这空间里都是温暖
而我们也明白

那里有悲伤和怀念
也有痛苦和遗憾
我们小心翼翼地
不去揭开那些伤疤
给过去予尊重
让它们在达观里
像落叶般化为泥土
滋养崭新的生命

因为有你
我认真地生活
认真地和你讨论生活

原来　这就是我要的世界的模样

穿过长长的林中小径
顾不上抖落一路的风霜
举起不安的右手
把你的门扉叩响
我凝神谛听
从门内传出的声响

在客厅前，火炉旁
你　轻抚我　被
荆棘划破的脸庞
我　轻抚你　被
巨石压伤的肩膀

你拿出陈年好酒
炉火映红了脸颊
笑声击碎了寂寞
把酒话沧桑
干了这岁月的陈酿

打开阳台的门窗
看命运的小舟

逆流而上
你看着我的目光
就像月光洒向荷塘
心的花蕊
欢欣地绽放

我看着你的脸庞
原来　这就是我要的
世界的模样
我为自己的勇气歌唱

缘分的天空

谁都有过青春年少时

激情勃发的痴狂

纵然是最老气横秋的少年

谁都有过含苞待放时

春心萌发的悸动

哪怕是最矜持自重的少女

可是缘分的天空啊

这般阴晴不定

在情深缘浅时

从怅然若失中慢慢走开

这缘分的天空啊

如此波谲云诡

在缘深福浅时

从无限眷恋中缓缓远去

那些折了翼的天使啊

从此落入人间

唯有不屈的鸟儿

穿越风雨雷暴

不知寂寞地飞翔

它始终相信

既然有缘分的天空

就一定能比翼双飞

在暗夜里，有星光挂在前头

在暗夜里
轻轻地行走
有星光挂在前头
在睡梦里
总有一个怀抱
紧紧相拥

接过你的杯
递上我的酒
在清澈的杯底
你的目光
像天空一般沉静
深深地凝望
轻轻地啜饮
这岁月的琼浆
是命运的苦痛
和生活的酸甜
悉心酿成

轻轻地啜饮
将谦卑放在手心

满握杯身

感动的泪水

伴随着疼爱

化作轻轻的抚摸

代替了千言万语

而你啊

在回应的轻抚里

全是善解人意的春风

深深地凝望

像是星光挂在前头

在暗夜里

在夕阳和大海之间

在夕阳和大海之间

我的爱人

你有一片高原

白云优游

绿草茵茵

我在你的高原徜徉

看鸟儿飞翔

听笛声悠扬

爱人啊

你的手和唇爱抚了我

昼带来夜

痛带来甜

我舔你冰冻千年的绿苔

你耘我尘封已久的心田

浪涛阵阵　拍打堤岸

卷起浪花片片

我们将温柔的眸子

凝视成无邪的光芒

透过风撩起的帷幔

伴着鸟儿飞翔

和着笛声悠扬

在你的高原上

在夕阳和大海之间

造一座现世的花园

人们总在赞美过去，
有谁曾经回到过那里？
人们都在歌颂未来，
又有谁生活在明天？
我只知道珍惜现在！
恋恋红尘里，
我看到你风度翩翩。
念念不忘的，
终于有了回响。
我只知道抓住回响的瞬间！
这瞬间，
我将爱恋编织的花环，
戴在你令我着迷的颈间。
随后　我将柔情的藤蔓，
顺着你魁梧的躯干，
不知疲倦地攀援。
你扎根已深，
我编织已久，
我们通力合作，
建造一座现世的花园。

第二辑

耳语

寂寞水杉

只看到你长久地站立
也有四季变换时不同的装扮
不变的是你的姿态
只注意你屹立千年的冷峻
不曾想到你是否有澎湃的内心
在一个城市的一角
你已成为风景

变化在每时每刻发生
而你总是显得那样耐心
那些偶然的事件是过眼烟云
而我们总是不清楚生命的原因
因为不清楚原因
生存看起来总是艰辛
财富也不能决定命运

生存总是艰辛
因为不知生命的真正原因
生活中珍稀的便是笑声
美好就像白驹过隙

欢乐总是昙花一现

而且，

总是在那转身回眸的瞬间

才能发现，发现那

倏忽一闪随即消逝的惊艳

所以，你选择千年屹立不变的姿态

对于灵光一闪的激奋，和

迅捷消逝的伤感

对于长久沉寂的心灵，和

突然迸发的激情

对于绵绵不绝的思念，和

毅然决然的离去

都久久地把玩

把疑惧的目光，把玩成

穿越寂静的风声

把严酷的痛，把玩成

黑暗中的笑

我千万遍地读你

终于，在今天这样的时刻

一个偶然的我的生命

依然存在的

不明原因的时刻

读到了你屹立千年的姿态中

那无可奈何的精髓

——寂寞水杉

2005 年 9 月 1 日

落　叶

忽然间
树叶就飘落了
掉在眼前
仿佛过去的某一天
飘忽而来
它打断了笑声
打断了行走的脚步
和匆匆赶路的车轮

它翻腾
开始飘离地面
逆着飘向天空
就像是挣扎
要脱离地心引力
飘向未知的远方
那些岁月并不在远方
它们也不在眼前
它茫然四顾
忽上忽下地翻飞
飘过那曾经的路
飘过那熟悉的屋

徘徊在栖息过的枝头
回旋在邻居们的天空
心碎的疼痛
它看到自己的碎片
纷纷落下的姿态

飘落的碎片
被风、被车轮席卷
它目送消逝
并没有泪水
只有无边的疼痛
而脸上，不知为何
竟挂着笑容
终于，它缓缓飘落
以一个姿态
让自己庄严着陆

迷雾里的微笑

紫色的风衣飘扬起来
我看到树叶轻轻地抖动
仿佛时时战栗的心
我看到你的脸庞
在建筑群里忽隐忽现

紫色的玫瑰含羞隐约
白色的马蹄莲奔放绽开
那翠绿的常青枝啊
簇拥着晶莹的百合花
我听得孤寂的声音
在低低地呼唤

泪水就无端地滑落了
如同不知疲倦的潮水
奔向海岸又退回内心
这个庞大的身躯
在奋不顾身的奉献
和悠远孤独的回归中
矛盾地挣扎着、甜蜜着、哭泣着

就这样，在疼痛
和思念带来的感激里
编织着对生活的厌倦和思恋
仿佛回到了本来
而我，也终于在无奈的叹息里
看清了自己的面目

你的背影、你的狂暴
和你的温情
在摧毁和重筑的折磨里
悄悄地构筑爱恋的网
我又闻到你的气息
那挥之不去的牵挂
在一切寂静的夜晚
散发绵绵的思念

我再也无法看穿
我　真实的所求了
那重重的迷雾啊
弥散在玫瑰和百合的娇羞里
也许常青藤看到了我的思想
可是它，只是轻轻地
轻轻地看着我微笑

母亲她走了

母亲她走了。
我追寻她的足迹时，
看到了路径上的泪痕。
这是我平时不曾见过的。
母亲哭过吗？
我只记得她的笑容！
我记得她匆匆的背影，
和手提包的颜色……
哦，想起来了——
她有一次坐在湖边时，
沉思的侧影；
和有一次黎明时分，
站在阳台上时的忧愁。

可是我想不起，
她，流泪时的面容。

母亲她走了。
我追寻她的踪影时，
听到了天空中的呼唤。
这是我平时不曾听到过的。

母亲呼唤过吗？
我只记得她的笑声！
我记得她朗读时的深情
和交谈时的爽朗……
哦，想起来了——
她有一次站在山巅时，
低声的浅语；
和有一次深夜时分，
枯坐着发出的寂静之声。

可是我想不起，
她，呼唤时的神情。

母亲她走了。
她活着走了！
她走了，而我——
只记得她的背影！
她走了，而我——
才想起去追寻！

母亲她走了。
她走在一个白天里！
可从此她却总出现在，
出现在暗夜里。
在暗夜里，如何——

如何叫我看得清您，
看得清您，
看我时的神情！

母亲她走了。
她走在一个暗夜里！
走在一个普通的日子，
走在一个无人知晓的时分。
她像神灵一样消失。
可从此，她来了，
她像魔法师一般，
来到我的案头；
她像精灵一般，
闪现在我的车前！

母亲——
我高声地呼喊，
你转身，
那肩膀清晰可见，
可面容，
却难以分辨！

2011 年 7 月 15 日，杭州黄龙

生　命

人们都赞美花
饱满的肉和完美的花
在明媚里绽放
风姿绰约

让我们来看看枝吧
疏影横斜　没有暗香
你道它形单影只
谁知它自得其乐

来看看叶吧
嫩的、翠的、深的
紧相依偎
几代同堂

看看那未曾绽放的
在苞里蓄着
像少年的唇髭　和
晨起时翘向空中的发

再看那已经凋零的

垂在枝头
像台风后的废圮　和
临终前的目光

花是生命的梦想
她的确曾经绽放
而那些枝和叶
那些未曾绽放和已经凋零的
是生命的日常

2015 年 3 月 21 日

心潮涌动

心潮涌动，
不断拍打堤岸。
像是轻轻的叩问，
亦如浅浅的吟唱。

我走向岸边，
解开小舟的缆绳，
在日月同辉的清晨，
扬帆出海。

心灵的高地
一片寂静。只听得——
帆，迎风哗哗，
船，吃水啦啦。

一 瞥

轻轻的一瞥
在一扇门的侧缝里
像一束光
穿过迷雾
将杂沓的时光凝固
从此
追寻这目光
成为她最深的渴求
当这目光看向别方
心田开始荒凉
杂草开始疯长
孤寂令她出逃

在路口
风吹落树叶
落叶飘飘扬扬
像漫无目的的人生
来时的迷惘
去时的惆怅
无法转身
只有岔路条条

朝着各自的方向
没尽没头地生长

轻风吹拂
大地无声
寂静在心底生长

四 季

一、冬

雪花飘落

从层层叠叠的云里

像无边的悬想悠悠荡荡

像犹豫的心灵暧昧蒙蒙

把重重的心事

无声轻缓地倾诉

在不起眼的山坡上

在一株看似柔弱的藤枝上

有一颗芽苞

在悄然地酝酿

她将在严冬褪去之前

在鸟儿梳理冰凉的羽毛

准备起飞之前

慢慢地开放

散发淡淡的幽香

哦，这悄然的开放

是低调的希望

哦，这淡淡的幽香

是绵长的忧伤
她知道繁花似锦的热闹
已经把"上场"准备好

杨柳依依
天空无语
喧哗在树梢酝酿

二、春

而春天
终于隆重登场
在花团锦簇的繁华里
争奇斗艳胜过了含蓄温婉
觥筹交错挤走了把酒言欢
霓虹灯的艳丽
盖过了夜幕上的星星
那些无眠的彻夜游荡
当晨露晶莹了翠绿的草地
幼小的鸟儿张开了鹅黄的喙
它不羡慕笼中的金丝雀
——被人们提溜把玩的同类
它展开稚嫩的双翅
起先在草地上低空盘旋
很快便振翅飞上枝头

它看到怒放的樱花

和　漫山遍野的杜鹃

它看到波光粼粼的湖面

和　层峦叠嶂的山峰

它听到树林深处神秘的召唤

春风阵阵

霓虹闪烁

号角在等待黎明

三、夏

而当最后一缕春风

在虞美人的凋谢里

飘向北方的时候

湛蓝的天空忙不迭地

想将生命尽情挥洒

它们时而请出如岩石般的云层

弹奏贝多芬的命运

时而邀请台风赶赴盛宴

在横扫一切的当儿

高声朗诵"我愿是一只海燕"

在南方干裂的田野里

少年们褪去所有衣衫

将自己晒个痛快

然后纵身一跃

在河里潜到透不过气来

当似血的残阳

将天空庞大的额头染红的时候

黛青色的幕布

一寸一寸向上

炊烟袅袅

银河迢迢

归家的呼唤响彻云霄

四、秋

第一片树叶已经掉下来

总有些生命过早离开

而有些正在盛开

牡丹立着就是富贵

菊花展开了也还是淡然

飘满浓香的城市

在黄金般的装裹里陶醉

而在故乡

麦子熟了，沉甸甸的

剥开莲蓬的人们

从未想过

一生清高的荷花

为何变身穿心的苦莲

秋风一阵阵变凉

就像人心一点点变硬

枫叶点燃了生命的火

长空落日里

大雁列阵南飞

而松鼠，则悄悄地

搬运着浆果

它们要在严冬到来前

将粮仓填满

在美轮美奂的最后一搏中

松鼠无心撒欢

它们知道

冬天已在路上赶来

落叶翻飞

水杉庄严

南屏晚钟阵阵传来

五、走过四季

雪花飘落

透过层层叠叠的云

把满腹的心事

无声地倾诉

……

一季走一季来

春去春又回

花开花又落

岁月的年轮一圈圈扩展

时间像背负使命一般

不知疲倦地向前赶

谁也不知道它要去何方

谁也不知道它的使命是什么

它只是往前赶

人们只看见它往前赶

四季有交替

生命没有轮回

时间永无尽头

人生却有终点

有的在消亡

有的在生长

祸福相依

悲欣交集

在当下

和时间相处

是个秘密

人们几乎蹉跎一辈子

也难以解开这个谜

"中头彩"的概率实在太低

即便中了

如果慧根太浅

不出多时，还是"破产"

如果可能

在"偶然"这个变量里

"心狠手辣"地抓住机遇

这需要有点运气

当然更需要勇气

如果说的是"事情"

难度系数已是 9.0

如果说的是"爱情"

那就堪比登天揽月

两颗心　两个意志

不用"因为……所以……"的语言

也不按照"假如……那么……"来思考

有很多的话

但不需要太多语言

握住双手

便是渴望

相拥的时候

迷恋你的气息

分开，会想念你

想起来

会展开港湾一般的镜头

天空一样的感觉

可以自由翱翔

也能自在享乐

喜欢人间烟火的俗气

喜欢缠绵悱恻在一起

从一瞥的心动

到走过四季

爱

在一起

在当下

致海子

为什么要从明天起，

做一个幸福的人？

今天，

我就是一个幸福的人。

没有马，

也没有一所房子，

面向大海。

天空时常阴沉，

雨不停地下着，

地面坑洼积水。

我在雨伞下，

浅浅地微笑，

欢快地跳过水坑，

偶尔也在雨水里跳跃。

看溅起的水花，

无奈地跌落地面。

就像生活里，

千百种努力后，

坠落的结局。

坠落又如何呢？

哪怕掉落枝头的黄叶，

也要在风中起舞。

不一定要喂马，劈柴，

也不一定要面朝大海，

没有冬天的暖阳，

迎春花也悄悄地开。

有希望，有爱，

今天，

我就是一个幸福的人。

耳　语

也不知是在哪个年代，
草长莺飞，春光明媚。
新筑的城墙下，
八个孩子玩捉迷藏。
金子望着浮云，
突发奇想
——大家站成一排
　　我第一个、银子第二个，
　　铜子、铁子、匠子、钻子和
　　空子、大个子依此排好。
孩子们按照金子的提议，
排成了一行。

金子说
——我跟银子说一句话，
　　对着他的耳朵，别人听不见。
　　银子听到后把这句话往后传，
　　对着下一个的耳朵，
　　不能让别人听见
……
哈哈哈，这个游戏真有意思

金子对银子说

——我妈妈昨天晚上发抖

银子对铜子说

——我妈妈昨天晚上抖

铜子对铁子说

——我妈妈昨天夜里感到抖

……

大个子，大个子听到了什么？

大个子说他听到的是地震！

金子说我不是这么说的，

六个子都说不对。

大个子委屈得哭了

——我听到的就是这个

七个子骂他胡说，

大个子气急败坏，

游戏不欢而散。

第二天，天气转阴了，

大个子的母亲在集市

对空子的奶奶说

——前天夜里金子的妈妈

　　金子的妈妈发觉地动了一下

空子的奶奶，迈着碎步

来到了城墙下，

对下棋的老伴说

——快回家吧，要地震了。

空子的爷爷看了看天。

他已经在这里搏杀了三个钟头，

感到天旋地转。

——啊，看来真的是……

第三天，酷热当头，

才阳春三月啊！

钻子的父亲小心出了门。

啊，粮店人不多。

——哈哈，那些没脑子的人！

买十担，备足了！

匠子的哥哥，看到

——一队挑粮的队伍

鱼贯走出粮店。

他飞速跑到河边，

喊回修船的父亲。

父子俩飞奔回家，

在城墙的拐角口，

撞倒了铁子的爷爷。

铁子的爷爷倒地的刹那，

看到了天空上的金殿。

他大叫一声

——老天爷，金殿！

周围的人都听到了这声惊叹。

人群中有人大喊

——老铁匠去金殿啦！

众人连忙跪下。

父子俩暗自庆幸！

匠子的父亲眼珠飞转，

突然他大喊一声

——铁爷爷飞起来啦！

匠子的母亲，

用十丈白布，

把老铁匠裹得结结实实。

老铁匠的儿孙们，

全都来当下手。

匠子的父亲，

挖了一船河中心的泥，

和在了裹着十丈白布的老铁匠身上，

和了一层又一层，一层又一层。

老铁匠被竖起来了，

竖在了城墙的拐角口，

——他看到金殿的地方

——匠子父亲看到他

　　飞起来的地方！

铜子的老太爷，
深夜来到泥像前，
拉着老铁匠的手，
老泪纵横
——老伙计，真的看到金殿啦？
啊呀呀，老铁匠的手裂口啦。
铜老太爷慌了神，
连夜用铜皮给老铁匠包了手。

小银子第一个发现了铜手。
消息长了翅膀，
人们聚集在泥像前。
众人下跪，向铁爷爷
行祭神之礼！

小金子站在柳树下，
对着哥哥耳语
——这全是因为一个游戏。
哥哥掐住了金子的脖子
——小子，胆敢胡说?!
金子脸色像猪肝，
他的眼里噙满泪水，
暗暗发誓要让真相大白。

——银子，你到底对铜子说了什么？

——我说，我说抖，就是抖！

快去找铜子！

——铜子，你对铁子说了什么？

——我……嗯，我……

哎呀，真是急死人了，

你到底说什么了？

——我说，我说抖动，噢……

　　我想不起来了。

快，赶紧，找铁子去！

铁子家的门口，

被围得水泄不通。

祭台前，跪拜的人们，

献上了最值钱的东西。

铁子站在门槛上，

看到三张焦急的小脸，

他侧过头去，装作

什么也没看见！

三个小子，只能去找匠子。

匠子家的门口，

堆满了各种大小的泥人。

——匠子，你们在做什么？

匠子狠狠看着三个人，

没有回答。

匠子的母亲，那个用十丈白布，

包裹铁爷爷的女人，

用温柔的声音说，

——大家都来买泥人，

　　铁爷爷在金殿里，

　　要很多人做伴呢!

——匠子，你那天到底说什么了?

匠子还是狠狠地看着他们，

——都是你们，害得我，

　　害得我要做一辈子泥人了!

灰头土脸走向钻子家，

一里地外，阵阵怪味，

扑鼻而来。

——钻子、钻子啊——

——哎——哎——

——是你们家的味儿吗?

——是啊，我们家的米，

——你们家的米怎么啦?

——我们家的米发霉啦。

啪! 一记响亮的耳光。

钻妈妈站在门口，

拦住了三个孩子。

屋里传出钻爸爸的话

——钻子妈，快去买坛子，

　　酒快要出来啦！

钻子妈妈用好听的声音说

——我们家啊，正在酿酒哪！

金子银子铜子，

三个小子你推我搡，

来到了空子家。

空子的爷爷和奶奶，

并肩坐在家门口的石凳上，

他们膝盖碰着膝盖。

空子的爷爷说

——真的是地震啊？

空子的奶奶说

——地不震人心震。

空子的爷爷说

——心要震天亦无策。

三孩儿面面相觑。

——空子呢？

爷爷说

——空子正临河听风。

奶奶说

——空子在书之黄金屋。

三孩儿齐喊

——空子——空子——
天地都在传着喊声
——空子——空子——
一小儿携书而出，
——谁人在此大声喧哗？
——空子，你听到什么？
——吾听到吾心之语。
——那，那你说了什么？
——吾所语乃吾心之语。
——你，你在说什么呀？
——吾所言乃吾心之语！

铜子、银子、金子，
垂头丧气去找大个子。
大个子的母亲，
坐在门前痛哭流涕。
——大个子，大个子呢？
——他，他离家出走了！
三个孩子，三个小子，
面面相觑！

……

这个地方，
因为八个孩子的，

耳语游戏，
有了城墙拐角口的
泥塑巨像和顶礼膜拜，
有了泥塑世家，
有了酿酒工业。
有了冥思苦想的一族，
有了远走他乡的一支，
有了百思不得其解
想刨根问底的另类。

啊哈哈，
不要问这是哪里，
这不是曲阜也不是惠山，
这是你、你们，
这是我、我们
这是我们每个人，
每个人生活的所在！

2006 年 7 月　昆明

后
记

姜
一
飞

这是献给爱人的诗集。

用诗歌表达爱，古老而经典。我固执地以为，不用诗歌的语言就不足以表达深沉的爱、热烈的爱、勇敢的爱、心疼的爱。爱的思念、爱的愉悦、爱的温暖、爱的通透、爱的绵绵不绝……它们中的大部分，构成了这本诗集的第一辑《一生怎么够》。

读大学的时候，中文系开设的"外国诗歌"课上，刚从部队转业回来的翻译家、诗歌评论家飞白给我们讲解外国诗歌，他用英语、俄语、法语、德语、意大利语、拉丁语、西班牙语等多种语言朗诵原诗，有时配上音乐，诗歌的音韵美冲击了我的心灵，诗歌唤醒了我对语言和意象的感觉。这些讲稿形成了我国学者第一部"融通古今、沟通列国"的世界诗歌史——《诗海》。后来他更以世界性的眼光和非凡的魄力，主编了十卷本《世界诗库》。

读《世界诗库》，被古希腊女诗人萨嗫热情似火的原始纯朴诗情感染；为美国女诗人艾米丽·狄金森纤细典雅、感伤而又幽默的诗风中蕴藏的深刻和智性赞叹；感受古罗马诗人维吉尔史诗中的宏大气势以及蕴藏其内的悲悯苦难；体会英国十七世纪诗人多恩似是而非的悖论、新奇巧妙的构思和机智幽默的调侃表层下使人震慑的一瞥真理；时而泛舟在英国维多利亚时代诗人的诗海区域中，时而穿过时间隧道返回远古去体会巫术诗中"勿忘本名"的咒语,时而沉浸在古波斯诗人海亚姆"土归于土,长眠土下"的对宇宙、人生苦苦思索的痛苦中，时而感受到法国现代派诗人波德莱尔形如魔怪的美神之象征背后的浪漫精神……从此，诗情和诗意便和血液一起流淌。

和绝大部分人一样，我有一段很长的职业生涯。职场的游戏规则是结果导向、利弊权衡，看起来，要在这个规则里面有所成就，它所需要的特质和诗歌小说等文学艺术所需要的禀赋是多么的大相径庭。而事实上，对于人的一生而言，职场的历练可以让你获得更广阔的视野、更博大的胸襟、更坚韧的性格、更达观的人生态度。它可以让我们修炼如何保持敏锐但切忌尖锐、如何保持个性但去掉任性、如何保持忠诚但不要愚忠、如何融入团队又保持独立……这不是经验之谈，是常常自觉做得不够而产生的自省和自勉。而总是在不经意间，那些随血液一起流淌的诗情和诗意不安分地在体内骚动，便零零星星地写下文字来"安抚"。这些文字中的一部分，构成了这本诗集的第二辑《耳语》。

荷尔德林说："人生在世，成绩斐然，却还依然诗意地栖居在大地上。"

是啊，没有诗，怎么能够表达深沉的爱、虔诚的信、震撼的美、彻骨的痛、沉痛的悲、酣畅的喜……没有诗的人生是缺少魅力的人生。

感谢飞白，你是启蒙者，不仅是诗歌，更是哪怕坎坷一生依然保持对诗歌、对人的意义世界的激情和不懈追求。

感谢我的爱人，你是暖阳，是春风，是我生命旅程的港湾。

感谢我的家人，你们的亲情是我勇气的源泉，谢谢你们给了我厚道这一精神财富。

感谢龙龙，你是希望。

图书在版编目（CIP）数据

一生怎么够 / 姜一飞著. -- 武汉：长江文艺出版社，2022.9
ISBN 978-7-5702-2810-2

Ⅰ. ①一… Ⅱ. ①姜… Ⅲ. ①诗集－中国－当代
Ⅳ. ①I227

中国版本图书馆 CIP 数据核字（2022）第 123068 号

一生怎么够
YISHENG ZENMEGOU

责任编辑：谈 骁　　　　　　　责任校对：毛季慧
封面设计：璞 间　　　　　　　责任印制：邱 莉　　王光兴

出版：长江出版传媒　　长江文艺出版社

地址：武汉市雄楚大街 268 号　　　邮编：430070
发行：长江文艺出版社
http://www.cjlap.com
印刷：湖北新华印务有限公司

开本：880 毫米×1230 毫米　　1/32　　印张：4　插页：4 页
版次：2022 年 9 月第 1 版　　　　2022 年 9 月第 1 次印刷
行数：2052 行

定价：45.00 元
